08. 焦慮

我會去抄別人的句子
即使是巧合
哪有可能這麼巧合
我會去抄別人的梗
即使是巧合
哪有可能這麼巧合
我會去抄別人的一個新奇的詞
即使是巧合
哪有可能這麼巧合
我需要寫一萬首詩怎麼可能辦到
我有犯罪動機

19. 幸福的價值

我們把海洋容積轉移
海洋
可以得到保存
市中心可以蓋 300 層的大樓

我們把高山容積轉移
高山
可以得到保存
市中心可以蓋 320 層的大樓

我們把這對夫妻容積轉移
他們的婚姻
可以得到保存
市中心可以讓三對夫妻離婚

27. 然後他們就死掉了

有一艘船
被海盜抓走了
20 幾個船員被綁架
有 2 個是台灣人
正全力搶救中

但是為了不要助長恐怖主義
外交單位拒絕給付贖金
四五年來不斷呼籲船東負起應有的責任
要求家屬給付人質釋放時
外交單位可能代墊的交通費用
我們的國家全力搶救中
但是其實沒有什麼可以做的事

29. 理性魔人去死

很會講道理
廢死
不要廢死
有很多道理

很會講道理
是這種豬
還是那種豬
有很多道理

很會講道理
我們都表示很敬佩
只是很討厭而已

50. 併吞

朋友的學校被合併了
副教授的職位還是一樣的
福利還是一樣的
只是學校名字沒了
只是科系名字沒了
只是學生沒了

當大勢來的時候
我們擋不住
國家的名字沒了
Google 沒了
Youtobe 沒了
Facebook 沒了
其他還會一樣吧

46. 魔鏡啊魔鏡誰是有罪的人

也許我們無法了解
某個宗教的信徒
為什麼是保守的
為什麼是頑固的
為什麼歧視別人

也許某個宗教的信徒
也無法了解有那麼多人
為什麼是敗德的
為什麼是悖逆的
為什麼是不敬畏神明的
為什麼一心想要下地獄

信徒是這樣的
謹守一個安身立命之道
堅信神明給予的承諾
保護永恆不變的價值即使是歧視性的
不需要也不能審視世界的改變而跟著改
那是妖魔的而且是腐敗的攻擊
進步的思想是病毒
違背經典的道理是邪說
鼓吹解放的任何人都是妖魔
因為世界的敗壞而恐懼
因為恐懼而集結起來發動聖戰

信徒沒有力量的時候禱告祈求
信徒擁有力量的時候斬妖除魔
信徒不是那個冥頑不靈的媽媽
如果可以
信徒會是殺伐的法器

信徒不畏嘲笑
信徒寧願是愚蠢的
戰爭
已經開始了

54. 新鮮的肝

新的事業意外的成功
回想起來沒有大風大浪
沒有劇情張力
人生啊
怎麼跟戲來比

你在找一個好故事
可以感動人的那種
我倒是覺得
你比較需要停止加班

68. 七隻小羊

有六隻小羊
小紅帽
小紅帽的奶奶
放羊的孩子
他們組成一個團體
分享在野狼肚子裡的恐怖經驗
他們希望野狼被判處死刑
但因為野狼深有悔意
而且顯然有教化的可能性

70. 雞生蛋還是蛋生雞

神
造了雞
然後讓牠生蛋
然後哲學家
脖子上的繩套被解下來

83. 紅線

在大街小巷亂竄的
破壞美觀的
消耗預算的
紅線

告訴我們巷口幾公尺不能停車
告訴我們消防通道不能停車
告訴我們交通幹道不能停車
告訴我們統治者無所不在

86. 粉筆字

歪斜的車牌號碼
歪斜的市內電話號碼
從巷子的底端
一直蔓延到巷口的小七
蠻壯觀的像是塗鴉作品
也許是違規車輛拖吊場下了什麼
把小巷子變成搖錢樹的詛咒

108. 開心的魚

有一條魚叫做小皮
他每天都很開心
禮拜一踢球
禮拜二打鼓
禮拜三吃蛋糕
禮拜四玩手機遊戲
禮拜五溜直排輪
禮拜六出去玩
禮拜天被吃掉了

119. 因為害羞的緣故

專業是冷冰冰的
滲透了情感就不專業了
我們喜歡冷冰冰的專業服務
因為我們不擅長與人相處

121. 對話：文創夜市

囚徒劇團

他：請問你對文創的看法

你：本來我很想跟你分享這個看法的

　　但是它現在已經不重要了

他：那麼你覺得文創夜市哪裡文創了

你：如果你買過做成泡麵的橡皮擦

　　如果你有被蚵仔煎吊飾打中

　　夜市本身無時無刻被當作文化象徵

　　你會不會覺得假的蚵仔煎很有文化

　　真的蚵仔煎很低俗

126. 對話：孤獨的神

他：你的神想要什麼
你：愛
他：怎麼樣的愛
你：我對祂的愛
他：你很懂祢的神
　　但是你的神不要你懂祂
　　你的神要你愛祂
你：我非常愛祂
他：比任何事物都愛祂嗎
　　比你的伴侶比你的孩子更愛祂嗎
你：比任何事物都愛祂
他：你很懂你的神
　　但祂不要你懂祂
　　祂要你愛祂

142. 末世遺書：給老爸

囚徒劇團

說遠的歐洲難民爭議
英國脫離歐盟川普當選美國總統
世界正在脫離原來的軌道
那些催眠了我的信仰正在崩解
說近的從小信仰的國家
走在亡國的路上
生活在一個身分難明的島上
我的身體活著而靈魂已經死了

親愛的阿爸
自我還沒出生開始
你就無日無夜工作
天沒亮就出門

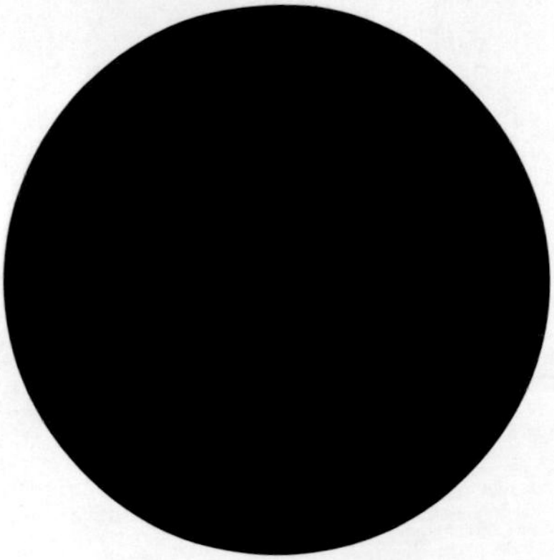

天全黑了才離開工地
你期待的幸福等到了嗎
你等到的是全身病痛的晚年
你等到的是生活傴促的子女
你等到的是國家淪亡與世界的毀滅

也許有一樣算是幸福的
那天來臨的時候
我們有伴

142. 末世遺書：給老爸

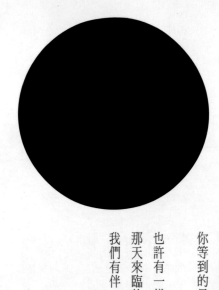

150. 末世遺書：給老街

寫在國家淪亡
在世界的終結

時間是一隻貪婪的野獸
吃掉所有的東西
你吃掉了山丘上的樹林
長成一條繁榮的街道
樹木被三合院吃掉
三合院被兩層樓洋房吃掉
洋房被日式平房吃掉
日式平房被公寓吃掉
公寓被大馬路吃掉

老街摧毀過去來到現在
未來不斷的伸出巨掌要摧毀這裡
老街被揍得很慘
發出陣陣哀號
願你在毀滅之後得到安息
我會陪著你

150. 末世遺書：給老街

169. 格言怎麼了：財富不是真正的朋友，那跟貧窮交朋友好了

成功人士有很多特質
積極而旺盛的企圖心
超時工作
休息的時候學習
相信付出應該有回報
在乎公平正義但不一定遵行

貧窮的人也有很多特質
積極而旺盛的企圖心
超時工作
休息的時候學習

相信付出應該有回報
在乎公平正義而且遵行

176. 格言怎麼了：愛情是一種宗教，只需要相信，從來不講道理

宗教的目的是解答問題
無論你問什麼
都會有確定的答案
儘管我們不知道在講什麼
於是你搞清楚了然後分手
或者迷迷糊糊相伴最後

182. 神說：你們要彼此相愛

從前從前有一個神
神愛所有的人
祂全能慈愛只是
很寂寞
沒有很多人愛祂

所以人要彼此相愛
愛你的雙親與兄弟姊妹
愛你的情人
愛你的孩子以及其他所有的孩子
然後人可能學會了
愛這一個全能慈愛的神

185. 神說：看了卻沒有看見

從前從前有　一個神
神愛所有的人

神高高的坐在天上
統治整個世界

神要得很少
只要忠貞的愛
祂做了很多很多事
教導人
如何得到永生

人都看見了

人很聰明
拿這些學問去統治其他的人

213. 蠢事：迷路

越是趕路
越是迷路

現在有了導航
應該不會迷路吧

越是趕路
導航越是指出一條
走投無路

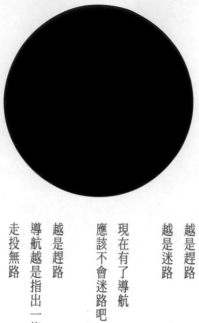

218. 蠢事：管人家結婚

神啊
我是愛祢的
我真的出自愛祢
為了捍衛經上說的話
為了正義
所以撒謊所以散佈謠言

神啊
祢會原諒我吧
請求祢原諒我
為了正義而撒謊
傷害那些應該被傷害的人
雖然祢要我愛任何一個人

但怎麼可能
我只愛祢

如果不長眼的天使
要定我的罪
祢會救我吧
祢一定會救我的吧
不要開玩笑啊
我是為了祢犯罪傷害別人的啊

221. 兩人：剎那

那天下雨
很久
很長
很悶
你問雨什麼時候停
他說停
每個剎那都停

目錄

推薦語

一般人寫詩無不窮盡一切力量寫好詩，但許赫多年來一直在鼓吹寫壞詩，顯然他是有意逆向操作。

但是寫壞詩的理論是什麼？什麼樣的詩才是壞詩？

許赫聲稱要寫一萬首壞詩，大家都很好奇，很期待，現在許赫終於要結集出書了，理論上這本詩集應該就是壞詩的現身說法的範本。

這本詩集擷取的題材包羅萬象，幾乎街頭小巷社會寫實所見之事，家國發生之事，都予入詩，寫來乾淨俐落，淋漓盡致，但完全不是壞詩的格調。

究竟許赫所要宣揚的壞詩是什麼？許所謂壞詩其實是反諷吧！

——辛牧

許赫詩集《囚徒劇團》從日常生活切入，以簡易明晰的話語，諧擬諷喻當代台灣社會，有令人噴飯的諧趣、有叫人悲傷的自嘲，也有力量萬鈞的批判、感慨深沉的省思。他的詩表面上淺顯易懂，實則不拘一格，能以生活語言透視我們處身的社會，指出其中的荒謬情境。好讀、易讀，卻又耐讀且值得反覆細讀。

——向陽

自從「告別好詩」以來，許赫的詩就越寫越好了。就像整容盛行的世界，少數拒絕整容的人，自然成為最美的人。

——鴻鴻

許赫是我認識的六年級同輩詩人中，最清醒的瘋子。其詩拒絕被任何的美學綁架，其人反抗所有的既有框架，其心柔軟而其志堅定，我深信他終將會把關於詩的狂想一一實現。

——楊宗翰

聽許赫講「告別好詩」好久了，一直到我自己開始寫詩，一直到我發現「寫，不是為了越寫越好」，我才真正明白那是什麼意思。

許赫的詩，打開了我的眼睛。

——瞇

放棄不難，但堅持一定很酷。

阿赫像一個雜貨店老闆，變賣著有關於歲月的視角。典藏著日常的日常。即使現在小七當道，他還是默默地等待著你的光臨。

——春花豆腐捲

【推薦序一】

陳年的喟嘆

姚尚德（賣身體的aka，野孩子肢體劇場團長）

與許赫相識在公視文學FACE&BOOK的節目拍攝，兩個同年紀的男人，一直一彎，一個賣文字一個賣身體。我喜歡買詩集，詩集就佔了書架的三、四格，但能整本讀完的詩集寥寥可數。假文青真花錢。節目組當時寄給我許赫的作品《原來女孩不想嫁給阿北》，希望我從中挑選三首有感覺的詩，可以發展成默劇小品。我以非常不負責任翻書抽籤的方式挑了十首，再煞有其事地從中選定三首，交差了事。節目拍攝前一天，整本詩集我還是沒有讀完。

沒有讀完是因為，有太多問題我想要當面詢問詩人。

因為詩中所述，有太多是我的思考模式和看事情的態度，只是他比我太會說，比我更精準，面對社會制度的思維也更大膽放縱。

許赫是平行世界，不，是直男世界裡的我。所以他也有我沒能享有以及挖苦、調戲的婚姻生活和家庭。後來，我幾乎是一種欣賞詩人等於欣賞自己的姿態笑著讀完這本我稱作是有著家庭版、社會版、政治版、娛綜版，以詩的語言寫成的報紙。（如果真的有一份這樣的報紙存在，十五塊錢就能買到該多好。）

後來，詩人跟我說，他進行著一個「告別好詩」的行動，將詩從殿堂的評判標準拉下來，不，應該是打碎，散成日常生活的片段，更接近人的頻率，或是詩人自己的語言：「可是親愛的／詩從來就不應該／被任何人的美學所綁架」這也是我自二〇一一年開始的「默劇出走」期許做到的事，走出劇場，走出專業觀眾的小圈圈和所謂專家們左右生殺的評論，直接進入我們的出處——市井小民的生活街廓裡。

告別，實則進入的更深，擁抱的也更廣。

我跟許赫說，讀你的詩，跟你對談，老有一種酸腐感，不是我們倆都有的肥胖身材使然（也或許是），是我們這個四十幾歲的人活在一種尷尬的處境裡，年輕時未能實現的諸多理想都被棄置在生命的某個角落，日積月累便發酵成一種對現世的喟嘆、冷冽、尖酸也許刻薄的腐朽味道。但酸腐好，好過人工香料和糖精堆砌的。聽說適量的酸菜或泡菜可以防癌。

許赫將之前我們錄影、表演及對談的經驗寫成「囚徒劇團」詩幾首，並以此為詩集的名稱。「囚徒劇團」也許是許赫挑戰一天二十首詩的work in process，是種行為藝術，這種豪情壯志，應該是每天定時吃＊瑪卡才能有的。

＊南美壯陽聖品。

【推薦序二】

張力之源

崎雲（詩人、政治大學中文所博士候選人）

過往常覺得短詩應當銳利如刃，或應該要一針見血，最好在入針之處，更好是禍其旁邊的皮膚，能或漫、或浮出大片的血色薄薄。揭開寫作的隱喻，於此中所形容血色是以傷口為點所展開的想像空間，針是精煉與精準，或有些是靈智與機巧，總要利，不能鈍，寫短詩的人就像是訓練有術的刺客，要天份、有技術，亦能對時機有十足地掌握，一現身，便務要求一擊必中。然而，也有一種短詩，多是正面與讀者近身肉搏，有些則是在背地裡蓋布袋，悶頭擊打，打的人也許暢快，但身在布袋裡的讀者，總是感到有些莫名。

《囚徒劇團》裡所收的多數詩作，句短、詩短，取材於生活，用語淺白易懂，技法上則多透過類推、堆疊，以突然地轉折來翻出新意，底牌掀出，看似有些危險，但常能領會到特殊的意味，遂而避開了莫名。

詩集有「囚徒」，內容多「鳥事」，世情的荒謬一再展現於詩句中，反覆、無奈，什麼也做不得，若一再搬演的戲碼，掩著市井小民的身不由己，昭示著在這世道，誰不是受困的囚徒。即使許赫說：「人生啊／怎麼跟戲來比」（〈54新鮮的肝〉），然而人生就是戲，何庸比，只是張力常死於不覺。讀完《囚徒劇團》，始覺相識多年的許赫是掄拳的刺客，以詩與讀者正面相搏，拳速雖慢，但打來痛，痛中起不了怨恨。細究之下，才發現原來他所出的每一拳，其拳力，也都同時作用在他的身上，每一拳的痛點，都來自於彼此生活裡那些共同的哀傷。遂使我感到囚徒對壘，無論是出拳或受拳的人，俱是張力的來源。

【推薦序三】

出格

康書恩（詩人、臺灣師範大學國文系學生）

竟夜疲困，卻翻來覆去，了無睡意，因而決意舒攤肉身，不去思及任何憾恨傷悲地，只是闔眼。以為如此便可換得好眠；怎知心事依然彎纏作耗，令薄脆的精神愈發覺得乾竭，像凋萎的葉尚且牽連繁複曲折的脈象，一橫一豎都是不可走出的世路。於焉起身，默坐於床沿，茫昧地空想。彼時窗外偶有雷鳴，雨勢顢頇昏瞶，濕氣就這樣包裹而來，滲入體膚，蒙漫為無形但深度的負荷。冥寂之夜，我彷彿成為魍魎凝結的核心，囿困於虛無的首都，擁有著不實的此在。

闃黑處再往內觀，覺察自己的魂靈非光、非霧，已非我所識得；遂離床逕至桌前，挑燈，翻找一切心眼可辨之物，而得許赫詩數首。黑色的字刻印於頹軟的紙上，如曜石，如迷亂的風俗中，兀自堅定的軀殼，擁有格外清醒的擔當。興許有時「孤獨的存在／被寫下來的詩／懷疑自己／是不是一首詩」（〈1522.〉），或是「在世界巨大的牢裡／每一天都想要逃跑」（〈262. 囚徒劇團：關於〉）；不過許赫雖身陷渾敦厄困之域，卻往往能透過人類現實反詰己身，有證驗，即無證驗，性體依然保持著澄明，於是不受雜染，處之圓融自在。

「詩從來就不應該／被任何人的美學所綁架」（〈1587.〉），許赫如是說。閱至此處，忽覺雨已停，雷聲已遠，八方異氣會通，直到天色薄明，斗室漸有光亮，方才熄燈，無有倦色地走出門去。

二〇一八年三月五日，啟蟄

寫於永和中興街寓所

【推薦序四】

七彩諷刺劇

曹馭博（詩人、東華大學華文所創作組學生）

讀許赫的詩讓我想到最近剛過世的智利詩人帕拉（Nicanor Parra），一種如同苦行的真實生活之下，以平近的述說方法，將生命最簡單的情態刻畫出來，而這種詩往往最能表現出社會群體那被隱藏但又最深刻的情感。

《囚徒劇團》的詩作裡頭透漏著許多溫暖、平易但又充滿趣味的調度，乍看之下文字中有諷刺的口吻，但實際上卻又翻轉了一個維度，反而以類似「童言童語」的口吻來讓人會心一笑，例如〈1035．有雨：咒語〉：

請求雨神
在雨裡加上毒藥

讓田裡的害蟲
喝了雨水統統死翹翹

附近的石化工廠
說他聽到了

我認為這首詩非常適合小朋友閱讀，透過雨的擬人、工廠的擬人，加上類似「死翹翹」這種孩子們順口的俗稱，讓詩朗朗上口，特別容易記憶。小朋友們讀得開心也是一件重要的事，但當大人們來讀呢？我認為許赫的詩讀著讀著很容易會感到一陣鼻酸，例如前面提到的〈1035. 有雨：咒語〉，在雨水加上毒藥的是石化工廠，當我們正在想該如何撲滅害蟲時，殘忍的商人也正傷害著我們的土地。又或著是〈1247. 妖行采風錄：黃金稻〉：

隔壁村五金工廠廢水
直接排進村後的大水圳裡
這幾年附近種出黃金稻

整株金黃色
在陽光下金光閃閃
米粒成粉彩綠色
有文創廠商來做包裝
叫做金穗玉饌
賣很好

隔年
驗出重金屬超標

一種諷刺。飽含著詩人視野中現實與超現實的想法，受汙染的米被「文創」了，詩人覺得這種文創根本「超現實」。但在現實層面下，這些米肯定是重金屬超標，永遠殘害著下一代。

《囚徒劇團》收錄的作品多樣，讀者不妨以不同的心情多讀幾次，每一次都能從裡頭獲得一點情感引頭：一個詩人對於土地的擔心，下一代的關懷。許赫的詩集絕對可以滿足不同年齡層的讀者。

【推薦序五】

難道許赫說的都是真的？

曾貴麟（詩人、策展人）

許赫的詩語言像是黑色童話、現代寓言，如針刺的幽默感，說是詩壇的《每天來點負能量》也不為過，詩集題名《囚徒劇場》，「囚」來自於周而復始的生活自囚，起因在於人的慣性、社會的慣性，集體與個體的互相綑綁，以生動的口語，用詩說故事，保證真實事件改編，經過許赫冷俐裁剪、約化，強化意象符號，如〈文創夜市〉中的句子「夜市本身無時無刻被當作文創的文化象徵／你會不會覺得假的蚵仔煎很有文化／真的蚵仔煎很低俗」，令人發笑的對比，恰恰凸顯了當代思維的荒謬性，似手持裁刀硬生生剪下人間剪影，充斥矛盾、思考的困厄，若將這些歧點放大，便會產生劇場般的戲謔效果，當我們尚未察覺，許赫如先覺直指習以為常的盲點，描繪時下現象，幽默的語言中，竟讀到微醺的徒勞感。

除了許赫式的抒情，詩作一問一答的情境，運用淺話談哲學，思想的鎖不用複雜的語言形式撬開，往往只需要一句話便能道破，帶出場景式的臨場反應，揭發資本方、政治家的心理暗話，以及最危急—時刻刮磨的人情關係。詩中也偷渡關於詩的想像，詩的界線在哪裡，是不是詩？詩該怎麼被陳述？他準備好答題了，如詩言「可是親愛的／詩從來就不應該／被任何人的美學所綁架」。

【推薦序六】

探監心得

廖啟余（詩人）

……親愛的
詩從來就不應該
被任何人的美學所綁架

——〈1587.〉

我有個變態興趣是除了讀詩，更讀人怎麼寫詩。在這後一稱為「詩學」的領域，措辭造句一概剝落，為了一窺這詩人所蓋，是總統府抑或海砂屋。

建築型錄過眼既多，舉凡樂府衝決宮體，小品文屠殺唐宋派，乃至浪漫推倒古典主義，個人突破庸眾，庶民壓倒菁英，許赫絕非第一個，更遠早在臉書誕生之前。但最堪回味的，或許仍是胡適所斷言，文學史是一部

「活文學」取代「死文學」的歷史，儘管比起文類潛能，工具是死是活，其判準乃更依靠「啟蒙」的激情與「守舊」的愚昧，或就說，這簡直群眾破天荒取得了左右文學發展的權柄。

這段回顧不為了批判群眾。關鍵的，其實是現代媒體繞過了士大夫代言，而首次發明了直屬於自己的讀者。若五四文學不只反映文學，還攸關媒體科技的進化，或許少了胡適，群眾仍將找到新的白話文領袖。而更關鍵的：若文字是工具，為什麼群眾該滿足於新工具取代舊工具，而非新工具宣傳新主義呢？

那麼，儘管胡適要群眾各自去尋找方向，在媒體動員的年代，他終究不敵革命黨直接指派一個方向。為了不被「任何人」的詩學綁架，白話文運動就此迎來了「一個人」的詩學，蔣介石的也好，毛澤東的也罷。一九六二年二月二十四日，當胡適最後一次公開演講，他自稱樂於被唾棄，因這見證了中國人有言論自由。

這當然是後話。

【推薦序七】

詩人的關鍵詞

趙文豪（詩人、臺灣師範大學臺文所博士候選人）

在《囚徒劇團》的書名裡，乍看「人」是被安置在圍籬裡頭，但人的積少成多則可以做為團體。詩，可以群，詩「人」非「家」，彼此以秘密的道義集社結黨，成就點燃文學史上的一團火。許赫在勞健保的職業欄上，就是一位詩人；詩人，詩在人前，就像是一個道，終其一生去追尋與探究，在現實生活裡，他在這條路上的專注，不斷體現作為一位詩人的形象。

變革

由於詩是語言的多變與創造，經常作為文學論戰的先導。以比較詩學見長的學者奚密認為，古典漢詩的作者能透過追尋著前人或典律將自己寫入傳統，但在十九世紀末之後，許多知識前鋒受到西方思想影響，現代詩成為不斷演化的有機體，不論創作或閱讀，都同時參與意義創造的過程。最明顯的一點，即為古典漢詩與現代漢詩的語言差異，來得比西方的傳統詩與自由詩的差距更大。因此，相繼有人提出質疑現代詩如何與散文區別？因此相繼提出詩質、詩感等，「什麼是詩？」、「詩寫什麼？」就像雞與蛋誰先的問題，成為曖昧難解的習題。

責任

在詩人的社會責任裡，許赫將對於社會的觀察，看似生活時事的切片，比如〈然後他們就死掉了〉、〈理性魔人〉等透過語言的蓬鬆，帶著讀者笑，卻笑中帶淚；在現代化資訊科技的快速，他在一萬首詩的旅程裡，他面對自身的孤獨，其實也是對於生活現實的苦味與無奈；從「囚徒劇團」一連串組詩裡相關相融的物件，如演員、語言、氣球、童年、姨婆、不存在的劇本等，而什麼代表結局呢？寫詩，究竟為何而寫？作者用詩語言重建人生的荒謬及妥協，最為重要的，是以個人對抗世界的換喻與意志。

隔壁的獄友——讀許赫《囚徒劇團》

謝三進（詩人、網路新聞媒體編輯）

《囚徒劇團》內收錄的詩作大多是憤怒的，〈262. 囚徒劇團：關於〉或許為這些詩作下了定調：「我們都是生活的囚徒／在世界巨大的牢裡／每一天都想要逃跑」這就是許赫逃跑……怎麼可能，當然是戰鬥的路線。《囚徒劇團》多數詩作都在與時事對話，有討論多元成家的如〈218. 蠢事：管人家結婚〉、法務部長失言〈27. 然後他們就死掉了〉、討論文創〈121. 對話：文創夜市〉……連續看了多首作品，內心不免浮現「詩作這麼不浪漫好嗎」這樣的疑問。

當然不好，然而許赫總會在看似快要被「告別好詩」寫滿一萬首詩的計畫淹沒之際，突然又浮上來水上芭蕾一般使出美技。諸如〈142. 末世遺書：給老爸〉透過和父親的世代對話，以生命盡頭的景色，溫柔的抹去國家的灰燼：「也許有一樣算是幸福的」；或如〈176. 格言怎麼了：愛情是一種宗教，只需要相信，從來不講道理。〉：「儘管我們不知道在講什麼／於是你搞清楚了然後分手／或者迷迷糊糊相伴最後」嗯，難以提出反駁。

許多時候，許赫其實是在「玩」，特別是系列作。系列中的第一首通常是幌子，當你讀完了，第二首才會開始抖出魔術，比如「盤問練習」。而在這些詩作中絕不能錯過的是〈532. 寫不出來的靠妖：算式〉，好奇許赫在「告別好詩」中領悟什麼的人，答案在這了。

【推薦序九】

歐吉桑，毋湯喔

謝予騰（詩人）

「大叔」這兩個字，拿來說許赫，已不大合適。鴻鴻在〈力爭下游的大叔詩人——讀許赫《原來女孩不想嫁給阿北》〉一文中寫下了這段話：

許赫是難得有大叔氣質的詩人。台灣詩壇的熟年男子，多半很嚴肅，不是父親、祖父、教主、醫生，就是浪子、酒徒，而沒有大叔。大叔特指四十上下的歐吉桑，或許因為此詞源自動漫，總有一抹如影隨形的喜感。許赫的大叔感跟年齡關係不大，彷彿與生俱來，他的喜劇特質源自生活的無奈，而往往出以自嘲嘲人的語調，像是賣不出東西的推銷員，或是無法取悅兒女的老爸。他的人生充滿憤怒與無助，他的詩卻總是幽默以對。

這個觀點不巧地與我不謀而合，或者該說，許赫其實不能再被叫大叔——他根本已邁入歐吉桑的開端了。

不可否認，許赫的詩並非以傳統的「美學」或「藝術」在經營，這點與「告別好詩」的大方向提出，自然有絕對的關係，但他到底為什麼要這麼努力，走一條知道會被許多人嘲弄甚至謾罵的道路？關於此問，在這本《囚徒劇團》中，可以看出一點端倪：

〈囚徒劇團：喜劇〉

人們喜歡喜劇
開心的結局
主角成功得到他要的東西
完成夢想
有情人終成眷屬
其他的事都可以接受
比如親人朋友一大堆的死
比如許多別人的悲慘下場

演員甲抗議
他每一次死去都被要求
不同的表情與姿勢

「死道友毋死貧道。」這就是許赫眼中世人的嘴臉，他們可能被稱之為「神」，或者「烏龜」、「FuoFuo Joy Hung 老師」、「粘恩綺」、「劉家豪」……總之，那些窩囊、廢材、荒謬、幹話、下流、無恥與各種可以形容糟糕事物的詞句，都是許赫許多詩作後的「弦外之音」。

這樣的東西，能有多美？或者該說，我們該看到的不是詩中呈現給你的醜陋與俚俗而已，更重要的是將這些事物呈現出來，和光頭哥哥一樣的奮發與勇氣。

（差點忘了，這篇只是序，不是論文，不用寫得太學術太冗長）

簡單說個結論，但不只是給讀者，也是給許赫看，引這首詩為例：

〈台北惡雨一點〉

下午有一場演講

在暴雨中進行
會場跟觀眾都淹沒了
好險我站在高的地方

雖然詩是這麼寫，但親愛的，可愛的，沿投的許赫，你自己心知肚明，真正置身暴雨之中，並深知必然被淹沒的，其實就是自己。

231. 兩人：子夜

你說了一個泰雅族的故事
星星在天邊漫遊
子夜時分遇到了月亮
月亮取笑星星渺小
星星們相邀走在一起
可以比月亮還大還亮
星星們走了好久
吱吱喳喳一直吵一直吵
終於把太陽吵醒了
太陽起床想跟大家玩
可是沒有人要等他
都跑光了
他聽完了故事有點哀傷

關於人緣不好的太陽
想起沒有什麼朋友的你

241. 長物：口罩

口罩有可愛的便宜的
口罩有搞笑的嚴肅的
小孩的口罩常常搞丟
因為他們都很愛說話

258. 長物：鍋鏟

翻動翻動
飯粒跳躍
蛋汁奔馳
鍋鏟在期間穿梭
他碰到他們
撫摸
親吻
聊天
然後將蛋炒飯盛盤
沒有留下痕跡
只有回憶
一次一次的回憶
鍋鏟的夢想是跟所有的食材戀愛

可是沒有
他只是騷擾他們而已
風評很差

262. 囚徒劇團：關於

我們都是生活的囚徒
在世界巨大的牢裡
每一天都想要逃跑

幸運的是我們有假期
幸運的是我們去旅行
幸運的是我們能夠發呆放空
幸運的是我們常常扮演別人
不幸的是每一次都被緝捕歸案

有的人的確成功逃走了
他們死了

於是逃走的結果並不重要
重要的是每一次越獄
刺激的
欣喜的
聰明的
聰明反被聰明誤的
過程

263. 囚徒劇團：語言

我們很少說話
因為要扮演別人
說什麼話一點也不重要
關鍵是表情
說著關心的話臉上浮現不屑的表情
說氣惱的話臉上都是柔和的線條
表情
表情是一個人的靈魂
所以你看
這首詩的時候
用的是
哪一種表情

264. 囚徒劇團：演員甲

這是一個男人
扮演一個男人
罪名是每天正常上班加班
假日加班

這是一個男人扮演一個
情人
每天寫很多的信
給他的情人

這是一個男人
扮演一個父親
孩子睡著了才回到家

孩子醒來之前離開家
孩子問他的父親
媽媽長什麼樣子

265. 囚徒劇團：氣球

有一個詩人
講了一個故事
有一個婆婆
是一棵長滿氣球的樹

我們讓這棵氣球樹在
衰老的巷子裡移動
牆角長出許多不同的顏色
不同顏色的磚頭飛行
文化人士批評這樣破壞老景觀

有人爭吵
有人忙自己的事

當氣球遞到他們手上
都笑得像個幼稚的小孩

266. 囚徒劇團：童年

演員甲分享了他的童年
演員乙分享了她的童年
導演分享了他的童年
編劇分享了他的童年
觀眾P分享了他的童年
整個晚上他們
都在聊雜貨店裡的街機
瑪莉兄弟或者三國無雙
明顯是眷村生活的大平台

267. 囚徒劇團：姨婆

姨婆有大大的肚子
姨婆有大大的屁股
姨婆燒菜的時候生人勿近
姨婆打麻將的時候
身邊圍滿了討糖果的小朋友

演員乙的姨婆很嘮叨
觀眾L的姨婆死了
姨婆做了下台鞠躬的動作
鼓掌鼓掌鼓掌

268. 囚徒劇團：演員乙

在上妝的時候
演員乙的表情嚴肅
不發一語
好像八嘎囧一樣肅穆
然後她會變成一個
很搞笑的人

269. 囚徒劇團：觀眾P

那個觀眾是一個詩人
講話有很多的留白
對今天的演出
給了我們很多回饋
很多很多的讓我們覺得
自己的中文講得很差

270. 囚徒劇團：不存在的劇本

那天導演跟編劇討論劇本
很開心的樣子
他們決定把構想了
十幾年的戲
寫出來
拼了命的寫
不是這齣
也不是那齣
又過了好幾年

這天導演跟編劇討論劇本
很開心的樣子
他們決定把構想了
二十幾年的戲寫出來

271. 囚徒劇團：窗外

生活的瑣碎築成了一道
高高高高的圍牆
圍牆上有一扇
窄窄的窗子

窗子不定期會撤下
不同顏色的光
伴隨遙遠的音樂聲響
有時候愉快
有時候哀戚
有時候吵鬧
那是外面的世界
也許不夠美好

是外面就好

生活的瑣碎築成一道
高高高高的圍牆
圍牆上有一扇
窄窄的窗
很多罵著髒話的東西往裡面窺探

272. 囚徒劇團：喜劇

人們喜歡喜劇
開心的結局
主角成功得到他要的東西
完成夢想
有情人終成眷屬
其他的事情都可以接受
比如親人朋友一大堆的死
比如許多別人的悲慘下場

演員甲抗議
他每一次死去都被要求
不同的表情與姿勢

273. 囚徒劇團：悲劇

演員甲
講二十遍
我要離開你
演員乙
講二十遍
我們在這裡分手吧

他離開了
沒有道別
刪除了臉書 ig 與 line 帳號
沒有人記得他的手機號碼

274. 囚徒劇團：自傳

這是媽媽的妹妹
牡羊座O型
喜歡燒菜
有話藏不住
專長是打小報告
演員甲演出的時候
演員乙有很多意見
好像深受其害的樣子

275. 囚徒劇團：觀眾L

觀眾P曾經談過
一個高中學妹
那是觀眾L
我們跟她很熟

觀眾L完全忘記
曾經認識過觀眾P這個人
我們也覺得應當如此
觀眾P講的觀眾L
想像的部分太多

276. 囚徒劇團：小漁港

拿著很多氣球走在堤防
黃昏
景色優美
有很大的風
往大海吹
氣球帶著演員乙
向堤防外扯
演員乙超蚓咧
好險演員甲夠壯

277. 囚徒劇團：階梯

老階梯
挑夫挑著中藥材走過
挑夫挑著轎子走過
挑夫挑著布匹有過
挑夫挑著棺材走過
很多腳印
深深淺淺的蒸發
像一朵朵的雲
飄蕩在時間裡
演員甲與演員乙
走著走著哭了起來

278. 囚徒劇團：17巷

這條巷子有個愛情故事
喜劇
他們後來結婚了
法律修改之後
開放讓他們登記

279. 囚徒劇團：雜貨店

觀眾P的家裡以前
開雜貨店
他們賣沙士舒跑蘋果西打
賣蚪冰孔雀餅乾 77 新貴派
晚上打麻將提供泡麵萬寶路
他們講很多八卦跟垃圾話
彼此包紮傷口
他們很強悍的與生活對抗
一直到死都頑強無比

280. 囚徒劇團：故事書

故事書給我們很多靈感
一個一個我們不認識的人
我們扮演他們
讓他們活著
故事書自己卻死了

283. 巷弄：發不動

每天六點三十分
住在四樓的阿伯要去上工
他的機車發不動
一直踩他的踩發桿
機車發出咳嗽的聲音
一直咳嗽像是個
吃人靈魂的老人
我們無論在哪個夢裡
都被他拖回現實
六點三十分開始踩
會踩到六點四十五分
然後吼叫著發動離開
我們鬆了一口氣
但是夢境已經回不去

289. 巷弄：便利商店

很多年前
蠻喜歡逛便利商店
沉迷遊戲攻略
零卡可樂玉米脆片
很多年後
零卡可樂漲價
玉米脆片漲價
遊戲攻略死光光
現在一樣看到便利商店
就走進去
然後不知道要做什麼
又走出來

312. 十二生肖：女神

世界上有很多神
負責各種事務
有一個神吐氣變成雲
有一個神捕捉誤闖的星星

誤闖的星星通常被燒掉
有的能力是世界上需要的
就成為另一個神
現在他們需要女神
去天上擄了一顆星星回來
世界於是有了女神

321. 虛榮感

本週作者外出取材
休刊一回

327. 郵政櫃台的秋天：目光掃射

有時候你能體會到
被眼神殺死
在住家巷口的郵局上班
進進出出滿是熟悉的面孔
現在你知道了
那個女孩叫做張惠旻
這個婆婆存了四百多萬
其他都不能提吧
比如那些常常
被寄到郵局的怪東西

在住家巷口的郵局上班
進進出出滿是熟悉的面孔

他們也認識你
你知道太多了
有時候你能體會到
被眼神殺死

331. 郵政櫃台的秋天：一樓的阿姨

賣菜的阿姨很疼你
曾經想過要領養你
有好幾年你會在夜裡偷偷罵她
怎麼沒有堅持領養你

阿姨從早市回來
會到郵局存錢
並且幫你帶一個便當
有時候是自助餐的便當
有時候是燒臘
有時候是肉羹麵
有一次跟媽媽吵架

讓媽媽知道阿姨的事情
媽媽大崩潰
罵阿姨是狐狸精
到底要在這家搶走幾個男人

344. 背英文：弗蘭德

註解：朋友
陌生的同事
不知道名字的人
忘記名字的人
你叫他我的朋友
其實他們是

例句：
屋衣　啊　貝斯特　弗蘭德
我們是最好的朋友
難道不是嗎
怎麼可以這樣
太過份了

367. 媽媽：逃走

媽媽的老公不能被發現
不能工作
媽媽打工養活一家七口
一天打很多份工
她在一個工地
認識我的爸爸
我的爸爸是個人來瘋
到處搞錢請客
請看戲
請看電影
媽媽覺得他是個糟糕的人

媽媽的手帕交阿鳳要她逃走
不是真走是給老公一點教訓
她們計畫到桃園去投靠
家裡開工廠的小學同學
萬事俱備只欠路費
她們找上我的爸爸借錢
他不借才不要借給只來幾天
來路不明的女人
他說沒錢
阿鳳說口袋鼓鼓一定有錢
他說敢伸手進來拿就給
阿鳳伸手抓他的卵葩
另一隻手掏出好幾百塊
我的阿爸痛得哇哇大叫
而且一直罵髒話

396. 房客：天牛

一九八五年我在台北
公館
的隔壁
一個違建聚落
住了很多
在墳墓山上工作的人
撿骨打墓碑蓋墳墓
墓園管理賣紙錢
許多屋子緊挨著山壁
山上翠綠一片
是許多甲蟲的天下
冬天多雨的季節

天牛獨角仙鍬形蟲
喜歡躲進棉被裡
我們常常睡到
半夜被咬超痛的
被咬的那幾天
睡前會記得檢查棉被
過幾天忘了又被咬

396.
房客：天牛

1/19

407.自自冉冉：烏龜

我們從小就認識烏龜
龜兔賽跑裡面
烏龜慢慢走
按照自己能做的
自自冉冉一步一步
慢慢的走向終點
他知道，說故事的人會罩他
就像字用錯了
會有人把錯字放進字典

425. 添加物：憂愁

把憂愁加進去湯裡
會有一種苦味
像是茶
回甘的時候
讓人覺得鬆了一口氣

429. 添加物：肉精粉

天然的食材有新鮮的香氣
但除了油脂之外
都會很快揮發
所以烤肉的味道
我們留不住
只能靠一種臭臭的粉
烘烤之後
才能假裝烤肉的香味
你是誰不重要
問題是你演得像不像

462. 數學考卷：許多的叉叉

開始學習乘法的兒子
小學二年級
他很喜歡乘法
可以打很多很多的叉叉
都是老師打你叉叉
現在你可以放肆打叉叉
叉叉叉叉
叉叉叉叉
叉叉叉叉
哎呦好壓抑的童年

465. 數學考卷：難題

兒子讀小學二年級
他會算數
背公式
背九九乘法表
可是數學題目看不懂
為什麼不直接問
六乘以七
而是寫好多好多字
編的故事好奇怪

兒子啊
這個世界就是
那麼的困難

你成長的路上
會遇到更多荒謬的故事

465. 數學考卷：難題

482. 鬼：黑影

姪女讀師院的時候
住在外面常常鬼壓床
睡得很不安穩

有天夜裡
睡夢間一直
有個細碎的聲音
姪女醒來
有個暗影站在床前
一動也不動
看了幾秒看不清楚
一直不動
一直不動

姪女害怕把棉被蒙臉上
一直禱告上帝趕走魔鬼然後
小偷終於鬆了口氣
從容的把皮夾跟手機拿走

498. 鬼：加班

明天的活動
缺這個資料
缺那個海報
只好補
在辦公室補到天亮

今天晚上要發表的文章
作者又遲交
遲交遲交
恥力沒有下限的遲交
只好等
在辦公室等到打瞌睡
打手機遊戲到打瞌睡

這些加班
你看不到摸不到
但確實存在

504. 年菜：三牲之鯧魚

鯧魚現在都好小
像這樣煎起來已經很方便
以前鯧魚可以買到的
比鍋底大根本翻不動
啊這煎起來就好惱人
那時候大伯還在
他人高馬大
手抓了大鯧魚就翻面
好神氣啊
還是我姊姊福氣
嫁給大伯
雖然是我先看到的
哎呦

523. 訛傳：很多鬼

本來很多鬼
在餓鬼道裡
吃不到東西很餓
後來有人來
把地獄的門打破
好多鬼跑出來
在路上流浪
還是沒得吃
跟台灣人
換工作一樣

524. 訛傳：火

餓鬼道裡面
有很多很多好吃的
佛跳牆紅燒蹄膀
蜜汁烤方烏魚子
苦瓜鹹蛋三色豆花
雞蛋糕車輪餅
看了很想吃
嘴巴張開就吐出火
把它們通通燒成灰
這樣什麼都沒得吃像是
台灣平均所得六萬台幣一樣
超幹的

532. 寫不出來的靠妖：算式

五年寫一萬首詩
那麼每年要 2000 首詩
以五十個禮拜來算
每週要四十首詩
每天要寫六首詩才能勉強完成

每天寫六首詩是什麼狀態
很多關心我的朋友
給很多寶貴的建議
並且提供許多靈感
衷心感激他們
還有朋友寫了幾首讓我備用
我多麼盼望他可以跟我一樣

把廉恥放在地上踩
也寫一萬首詩

其實根本沒有辦法每天寫六首詩
就像吃太多芋頭
啊我真的很愛吃芋頭
你會很怕吃芋頭一樣

根本沒有辦法每天寫六首詩
每天都沒有靈感
即使有靈感也很想死
寫詩不能用公式計算
很痛苦
但是很爽
衷心盼望有朋友也試試看

542. 有病：傳染病醫院 2

傳染病醫院
坐落在基隆路三段一五五巷口
基隆路三段一五三號
我出生之後就一直
沒有看病人當作研究單位
後來改制成動物醫院很熱鬧
阿爸愛講一句賤話
我以前蓋過一個傳染病醫院
後來人都不生病了
改成動物醫院

548. 有病：兒童醫院 2

一直到五六歲
我依然頻繁進出兒童醫院
我從來不知道那是哪裡
通常是傍晚發燒昏睡
醒來的時候已經在病床上
左手被壓克力板固定
纏滿繃帶貼上膠布
蝴蝶針已經戳進血管
手掌前臂膠管纏繞
點滴從早上打到下午
睡睡醒醒之間
又在家裡床上醒來
這樣說沒有被賣去做實驗誰信

566. 生命：寂寞

你一定是一個人來的吧
沒有人陪你來
也會自己一個人走

567. 生命：徒勞

也許人們對世界做了貢獻
也許人們對世界帶來毀滅
世界沒有什麼好說的
他也曾經那麼深的
愛過恐龍

583. 找不到：那首詩

有一首曾經很滿意的詩
寫好以後
還很開心的唸給朋友聽
我以為那首詩在電腦裡
我以為那首詩在部落格裡
我以為那首詩我能背誦
當我想不起來其中一個句子
用了哪個連接詞
也赫然發現無名小站早就收了

607. 空白：意志力

所有的考卷
每一個題目
我都會寫上答案
不知道答案的
也會瞎掰
只有那一次
姐姐替我報名
私立高中考試
整個作文
都沒寫

618. 空白：擺爛

擺爛作為一種
逃避的方式
以為事過境遷之後
一切都會變好
書店會自己賺錢
詩集會自己找到讀者
但時間持續流動
只會讓問題氾濫成災

625. 喪失：皮箱

還住在蟾蜍山
違建社區的時候
家裡小閣樓放著幾個
陪伴媽媽逃家的皮箱
裡面都是小孩子
沒有興趣的衣服

有一些銅板
被我拿去打三國無雙

還有幾封信字跡潦草
寫了些哀愁的事
搬了幾次家

信裡的哀愁跟著皮箱
都搞丟了

655. 夢中書：寂寞

曾經整個下午
只有一個人
手機沒電
手邊沒有書
在一座涼亭裡面
等爬山的人回來
一直有人經過
都不是我等的人
也許沒有那個人
整個下午
我只有胡思亂想
等著等就醒過來了

660. 夢中書：英文考試

老師給我們一本參考書
裡面有單字 3000
句型 200
片語 1000
老師要我們把參考書
單字 3000
句型 200
片語 1000
都背下來
這樣對我們未來很好
老師收起參考書

給我們一份考卷
這是期中考
我們努力
把答案背下來

660. 夢中書：英文考試

670. 廢話練習：休假

週休二日
星期六星期日
放假
不用到公司上班
不禁止
在家上班

671. 廢話練習：詩

這是一首詩
那些文字不是詩
他們以為自己寫詩
其實不是
那他們寫什麼
自以為是詩
不行嗎罵三小

690. 重要的事都很簡單：神的美意

最重要的事
一定都很簡單
神
祂想過了
這些事不能太難
像呼吸吃飯
萬一你不會
你會死掉

696.重要的事都很簡單：秘密

所以秘密就是那種
不可以告訴別人的事
因為他們都非常的簡單
一聽就懂了

同時秘密也是那種
不怕別人知道的事
因為他們一聽就懂了
根本不敢相信

706. 生雞蛋

蛋農問雞
能不能生個
巧克力口味的雞蛋
雞說沒辦法
蛋農生氣

蛋農希望雞
不要那麼保守
要以消費者導向來生蛋
蛋農還問她
妳生蛋不考慮消費者的愛好
為什麼要生蛋
雞小聲說
為了繁衍下一代

710. 浸雨

有一種雨
比小雨大
比大雨小
那是無數的思念
摔碎在你的身體
像是讓你完全浸泡在水裡

724. 通靈人：溝通的品質

你問我問題
無論幾個
都一副好憂慮的表情
有時候
聽過這個故事
會記住你
知道你總是被什麼事糾纏
這樣會知道
你不想聽到哪些真相

737. 通靈人：文創課程

聽說這時代文創很重要
FouFou Joy Hung 老師說：
不要只想我夢想中的店
應該想的是客人夢想中的店

客人來找我
想知道某個問題的答案嗎？
其實沒有
很多人其實只希望我安慰他

755. 中二語錄：承諾的力量

花蓮縣永平國中

二年一班粘恩綺：

・我們的承諾不會改變，我們的善意不會改變，我們也不會在壓力下屈服，更不會走回對抗的老路。

760. 中二語錄：相愛的決心

金門縣民權國中
二年二班劉家豪：

・建立具一致性、可預測、且可持續的兩性關係，維持兩人交往的現狀，是愛情堅定不移的立場。

何品萱：

741～760整體來說就是讓我感受到其實政府說的都是幹話了XD，明明就是很普通的一件事，硬要寫得模糊。

不知大家有沒有發現只要替換某些字詞（甚至一模一樣，我稍微google過了），其實就是我們的總統等人講的話，我想這也是許赫大哥想要呈現給讀者的結果，讓大家發現我們的政府官員多會講空話，而這些空話聽起來可以沒有對應到一個特定的事件，因此當許赫把這些話挪移到詩裡時，能夠可以融入另一個情境，如此荒謬。

765. 盤問練習：他的女友

如果沒做虧心事
就不用怕被偷看 line

766. 盤問練習：那個總統

如果沒做錯事
就不用怕監聽

786. 傳統文化：哈利亞說

我們從溫馴的動物開始
家裡養的作為食物的豚
然後是自己的寵物

那天終於來了
同年齡的孩子
一一走進獸欄
那裡有受傷的
老虎等著我們
我們一個一個
直到牠被殺死
踏著前面朋友的屍體

800. 傳統文化：希姆瑪姑說

你認為最棒的東西
我覺得好噁
我不能講
不能露出嫌惡的表情
我尊重你

尊重是我們的傳統
我喜歡你的一切
但是這個
我可以不用試吧

814.上班族阿智：阿智的過去

拜訪阿智的老家
拜訪阿智的大學同學
拜訪阿智的小學同學
阿智問題非常大
星際防衛地球分部
出動上百人進行調查
約談阿智親人朋友一四二人
每個人都講五件事
阿智很乖書呆子愛跑步
不懂怎麼跟人說話
爸爸媽媽都很愛他
阿智絕對有問題

所有訪談筆錄都一模一樣
是大規模的記憶植入
而這麼多年了
從來沒有探員察覺
不可能
事情不單純

815. 上班族阿智：阿智調查的瓶頸

阿智絕對有問題
而且大有來頭
但為什麼當一個魯蛇上班族
這個身份很尷尬
他幾乎沒有時間做別的事
根本是上班機器
這樣的人在爆炸案裡
扮演什麼角色呢

主謀
他要什麼

連絡人

可是所有連繫都很正常
找不到有任何陰謀的蛛絲馬跡
難道他掌握了爆破星球的技術
他賣技術嗎
但是查不到他跟星球結構專家的交集

不會吧
抒壓嗎
雖然上班族被搞會很想殺人
但不會真的殺人啊
上班族都是溫良恭儉讓
才會淪落到上班族的境地吧

824. 無雙技：為什麼要問一斤豬肉的價格

我問老闆
一斤豬肉多少錢
他問我哪個部位
我說三層肉
他一聽就知道我不懂
挑了一個地方跟我說 75 元
我問說可不可以買 50 元
他沒說話剁了一刀
直接包給我

832. 遊戲規則：人格特質

暗黑三冒險的路上
踹死屍會掉錢和裝備
我玩了好久才忍住不踹
有的朋友是從來不踹

843. 椅子

謹慎的
離席時是否有
將椅子靠上
是雇主觀察的重點
資料夾

851.
血

疼痛的
主動攻擊或衝撞
或推打
或拉扯
或身體碰撞員警
膠水

861. 公共建設：11號高速公路

為帶動整體經濟動能
因應國內外新產業技術與生活趨勢
推動促進轉型之國家前瞻基礎建設
11號國道將從屏東到南沙太平島
前瞻基礎建設是國家發展的基石

864. 公共建設：文組沒份就叫你不要讀文組

前瞻基礎建設之項目如下
軌道建設
水環境建設
綠能建設
數位建設
城鄉建設
沒有文學建設歷史建設藝術建設

885. 悖傳統：我們國家幾千年沒有同性婚姻的傳統

囚徒劇團

到了這個時代
我們很容易發現
無論是宗教的還是傳統的
禁絕同性之愛的文獻
用的都是既羨慕又忌妒的筆調

887. 悖傳統：這首詩裡優美的句子在哪裡

在那個時代
林邊田埂傳唱著小曲
哪個姑娘很多人追
哪個小伙子肌肉很腫
地方上的官員又要加稅了
遠在天邊的帝王做什麼荒唐事
在那個年代
儘管記錄成文字的人
已經很努力了
詩歌裡還是有很多髒話

907. 截句：南向政策

一個住在台中的朋友
要去台北開會
高鐵轉捷運
到了大巨蛋

908. 截句：活在被刪掉的島嶼

手機遊戲很廉價
玩一玩卡關了
就刪掉
裡面的角色好受傷

938. 不堪的過往：貧窮

大學時候
會帶同學跟弟妹
到我違建社區的家玩
無論住家　還是租的雜貨店
都是破破爛爛的違建
到底是什麼
把我扭曲成一個
充滿正面能量的人

張古力：

有感這首詩，許赫詩人在充滿正面能量的人用「扭曲」反諷，這時下的年輕孩子們因為貧窮恐是自卑到自甘墮落，或把沒成就「扭曲」為生不逢時。

940. 不堪的過往：創傷

也許有一天
我會因為這件事情死去
掙扎許久之後
鬆手放開了一個夢想

956. 通勤死神：瀕死的緣分

ㄋ失業很多次
不是沒定性不想拚
每次都是身體出狀況
高血壓、痛風、皮蛇
ㄋ一直覺得
可能自己已經死了
才找到這份工作

960.通勤死神：擴大招募的原因

ㄋ問阿姨
為什麼找一般人
阿姨說想那麼多幹嘛

ㄋ跟同事聊
為什麼找一般人
大家七嘴八舌
朝向手機遊戲設定亂猜
旁邊喝咖啡的兩個死神
覺得難為情
招供說是因為人太多了
有七十億啊
死神忙不過來

何品萱：你以為你很特別嗎？不。

963. 一句話總結練習：福州乾麵

加醋或者辣椒
沒有別的可以選
這是政黨政治的真諦

980. 一句話總結練習：新詩

新詩因為名字有個新
所以蠻吃香的
即使已經舊了

985. 文化市場：情人的生日

情人生日的時候
因為加班還有工作很累
就沒有慶生了
法律沒有明文規定
不履行慶生義務的罪
只是接下來就痛苦了
慘狀言語無法表達萬一

998. 文化市場：文創是一場騙局

文創不是很流行嗎
我們家鄉這個畫家
不是很有名嗎
一幅畫不是拍賣幾千萬嗎
怎麼偷偷拍照拿來做馬克杯
拿來做鑰匙圈化妝包悠遊卡
統統賣不掉
幹
騙子
講文創都是騙子

1005. 設計對白：寧可一個人

遠芳侵古道，晴翠接荒城。
又送王孫去，萋萋滿別情。

——白居易

這裡有什麼好看的
荒涼沒有地方上廁所
沒有賣鳳梨酥
來這裡幹嘛啦

1019. 設計對白：鄉愁

黃鶴一去不復返，白雲千載空悠悠。
日暮鄉關何處是，煙波江上使人愁。

——崔顥

那個出生的地方
曾經那麼美好
現在已經是另一個國家了
回鄉去
還要拿著奇怪的證件才行

1021. 有雨：雨是天空的眼淚

下雨了
老師說那是天在流眼淚
我問天空
為什麼流眼淚
天空說幹
你們家附近的工廠
抽的菸真夠嗆的

何品萱：
浪漫到現實。

1035. 有雨：咒語

請求雨神
在雨裡加上毒藥
讓田裡的害蟲
喝了雨水統統死翹翹
附近的石化工廠
說他聽到了

1043. 物理性質：愛情

直徑零點三公分
球體
溫度攝氏四十二度
拿在手上有點燙
所以藏在舌頭底下

1046. 物理性質：愛國

中華民國
長48公分寬72公分
厚0.1公釐可以折疊
遇到中國朋友
就摺好放在皮夾裡
維護兩岸和諧
人人有責

1065. 台北惡雨十一點

囚徒劇團

路上看到一隻小貓
抱著寶特瓶
漂走了
有個男人過去救牠
抱著塑膠垃圾桶
跟著漂走

何品萱：
童話繪本的畫面感。

1068. 台北惡雨一點

下午有一場演講
在暴雨中進行
會場跟聽眾都淹沒了
好險我站在高的地方

1083.

自言自語03

上課的時候
同學問我
下週五萬一豪大雨停班停課
怎麼辦啊
我們就延後一週吧
這樣我可以去台中
參加新書發表會呢

何品萱：
某種幽默，但隱藏著小小對現實的無奈。

1085. 自言自語05

你說寫詩
最害怕的是庸俗
我聽成通俗
鬼打牆討論了很久才發現搞錯

1089. 自言自語09

你跟我說的那件事
我會保密的
但是好想告訴別人
寫成詩好了
會讓別人認不出來的
當事人不是別人

何品萱：

1085、1089點破盲點，我覺得你跟別人的詩不同的其中一個點，就是你會點破一個我們大家習以為常的概念或事情。

Vivian Ou：

讀到這首詩時，我想「拍案叫絕」可以嗎？哈哈哈～好直白，好有正義與責任感的詩。

其實在真實與虛構世界中，真有那條界線嗎？以上純屬虛構，若有雷同純屬巧合。

1105. 雨天撐傘：妙方

有時候傘會忘在捷運
有時候傘會忘在客戶那裡
有時候傘會忘在公家機關
所以最好的辦法
是把傘忘在家裡

1116. 雨天撐傘：囚禁

不要亂跑
待在家裡
外面下雨
晴天也是

1117. 雨天撐傘：文化差異

我們說抄襲不好
抄梗也不好
抄經很好

1129. 部分09

我很忙
其實我
不知道為什麼
沒有目的的忙碌
也許只是因為
無法面對失敗的人生

1136. 部分16

書店是一條
百年老街上的風景
詩人是朋友們
平凡生活裡的風景

也許你會說
我臉書上有一個朋友
寫現代詩
幹我一首也看不懂

1143. 考題：可以買幾根冰棒

在非常好書店消費
超過二八〇元可以打八折
小華有三〇〇元
要到非常好書店買冰棒
冰棒每根九元
請問他
為什麼不買書

1158. 考題：詩人的抉擇

小華覺得這首現代詩的答案是A
小明覺得這首現代詩的答案是B
老師說這一題的答案是A
他們在網路上
發訊息問這首詩的作者
作者覺得是C

1161. 土地公廟紅燈閃爍01

一九九八年在鄉間調查
省政府的廟全記錄
民間信仰調查計畫
我們在田間小路穿梭
晚間到了一座
頗具規模的土地公廟

他們剛辦完祭典
聚在辦公室吃晚餐
我們受邀一起吃飯喝紹興酒
訪問拍照飽餐一頓以後
問幾個大叔廟裡有沒有
什麼特別的傳說

幾個大叔都說
你們外地人不知道
我們土地公很有名
廟裡的主委忽然大喝
不要亂講話
連忙說村裡的幾個長輩
愛開玩笑
都是燒酒話
說什麼我們土地公
有名的風流

主委先生
叫人家不要亂講
原來是想要自己講

1182. 地震了

我問是不是地震
她說沒有感覺到
你也說沒有
我看一下臉書
很多感覺地震
孤獨的人

1195. 颱風遠離

很多颱風
都不敢經過台灣
台灣山高
會破壞結構
颱風瓦解變成熱帶氣壓
這裡在颱風界被稱作
颱風墳場
我的一命抵颱風一命

1208. 沒有營養的話

大學的時候
發現媽媽在跟街坊
聊天的時候
會講很厲害的故事
把報紙內容跟
婆婆媽媽的碎嘴
串在一起的
很厲害的故事

我覺得應該多陪她聊天
讓她多講一些故事
但是我都跟女朋友出去
到現在只能

拿唯一聽到的四五個
故事到處賣弄
後悔了吧

1209. 沒有營養的話

獨自一個人的時候
花很多時間
耽溺在獨自
一個人
的時候這件事

1223. 被處理過的空氣：這樣教小孩

囚徒劇團 2/16

小學五年級的時候
這裡是民主自由的國家
課本是這麼說的
老師是這麼說的
電視是這麼說的

上街抗議的是暴民
立法院打架的是暴民
老師要我們不要學
藤條在黑板上
打得劈啪響
那時候的老師
都很懂得怎麼教小孩

1240. 被處理過的空氣：被處理過的自由

自由像是空氣一樣
平常你享受著自由
卻不覺得它多重要
直到你失去了
才會知道不能呼吸的可怕

自由像是空氣一樣
只是你平常享受著的自由
大多都是
被處理過的空氣

1247. 妖行采風錄：黃金稻

隔壁村五金工廠廢水
直接排進村後的大水圳裡
這幾年附近種出黃金稻
整株金黃色
在陽光下金光閃閃
米粒成粉彩綠色
有文創廠商來做包裝
叫做金穗玉饌
賣很好

隔年
驗出重金屬超標

1260. 妖行采風錄：火龍翻身

企業家在地底
建設妖物隧道
供應各種化學工廠

有火龍奔竄隧道內
翻騰亂攪街市大亂
路面被炸毀十餘公里
吞噬啃咬三十餘人後揚長而去

1264. 綠色

操場的草皮
養得很好
一整個學期
學生都被禁止踩上去

1280. 貓色

那是適合
滑翔的季節
那一天
是貓色的
你和他
明顯的感覺到
有什麼
悄悄的發生了

1285. 警語：其實是勤勞的

根據研究顯示
就平均值來說
笨蛋總是
想得比較多

1288. 警語：很萌

統計上
被罵過你白癡啊
的人
感情運勢比較好

1289. 警語：都沒在聽的

此路不通
內有惡犬
可是好想進去

1301. 老笑話

歡迎光臨
請給我一包長壽
請問是黃的還是白的
黃的
請稍等
對了我要肺癌的
不好意思
怎麼了
只剩下性功能障礙的

1318. 老地方

我的老家在基隆
月眉路
叔叔伯伯挖煤礦
後來礦沒了
陸陸續續搬遷
剩下大嬸住在那裡
月眉路往山上去
接四腳亭
山上有幾家佛寺寶塔
現在親戚們都搬回來了
住在寶塔裡

1324.
偽書

像癌細胞一樣
人類
是地球的病根
——獨自對抗全人類的英雄。詹姆斯藍鳥李

1331. 如果是你

如果是你
不是那個不幸的
別人
能夠這麼平靜嗎？
你不能
但別人剛好可以

蘇家立：

這首詩透露出社會的冷漠，無遠弗居。你不會是一個獨特的個人，但別人不會是你，在這個表面過度強調個人主義，國家卻用傳統操作社會動向的年代，你我都是一個可以被別人拋棄的棋子。無足輕重。

1332. 如果是你

如果是你
你會怎麼選擇呢
好險是你選
我不用選
我會很想死

1333. 如果是你

如果是你
就可以

這個時代有一種標準
就是你
怎樣都可以

1334. 如果是你

如果是你
這是個假設性的問題
假設你遇到了
這個你侃侃而談的難題
好險是你
你不會遇到

1335. 如果是你

如果是你
你問我
換作是我
既然是你問我
我只好告訴你
謊話

1341. 童話故事

很久很久以前
在遙遠的北方
有一座大湖
湖裡蓋滿了高樓大廈
裡面有龍生活其間
他們喜歡談論這個世界
他們把湖泊外面所有地方
都稱作南部

1358. 戀人

戀人之間
彼此要求誠實
是比較級
說謊
是最高級

1362. 國家大事

年金改革
已經講了很多年
我們覺得是假議題

年金改革
年金要破產了
我們覺得是假議題

年金改革
議題是假的
表決修法是真的

1365. 國家大事

運動會
我們的選手
為國爭光
他們沒有薪水
他們沒有固定的收入
他們只有固定的責任

1387. 你家的事

你說
不喜歡
女兒
的男朋友
我問你原因
不知道
就是怪

我懂你的感覺
女兒交男朋友
這件事就是怪

何品萱：
XD 很莫名有趣。

1388. 你家的事

你說你
討厭兒子的
男朋友
我問你原因
你說
看起來太美味了

何品萱：
有趣的轉折，和預期的不同。

1395. 按圖瑣記

書寫跟
種田是一樣的
視角不同的時候
那淺淺的田水
倒映天空
白色的雲顯得白
藍色的天空顯得藍
那個沒有辦法
寫下來的天空
是種田人的詩

何品萱：
我覺得很貼切。

1411. 兇手

時間是一個殺手
從來沒有失誤過
因為他
善於等候

1412. 兇手

人工智慧
奪走了人們的工作
人們每天
只能吃飯睡覺
供其他人工智慧觀賞
最後無聊死了

1421. 高速鐵路

車廂高速移動
穿過雨的部隊
抵達溫暖的港口
但是你的幸福
沒有跟上
在陣雨中千瘡百孔

1422. 高速鐵路

逐漸的
我注意到
身邊的人的
白頭髮

我的某個部分
高速的
駛離了青春

張古力：

醫美很夯
訊息都在引誘我拉皮

我接受老去
我的氣質裡
有我讀過的書
愛過的人
經過的事

1422. 高速鐵路

1425.
高速鐵路

這座城市
到那座城市
中間的
許多好風景
現在只剩下一場瞌睡

芷溪：

我選的這三首高速鐵路（1421、1422、1425）我蠻喜歡的，所以不算是虐讀分享。

1444.
我有毛病

你們說她是愛麗絲
我才不要
愛麗絲是女生
愛麗絲是
愛麗絲夢遊
仙境的典故
容易把別人的客套當真
做一些很認真
但是讓大家很困擾的事

1457. 我有毛病

我沒辦法
堅持自己的想法
我大多時候很任性
彼此是矛盾的

你們說一點也不矛盾
任性只是任性
根本站不住腳
經不起理性的辯證
你們想要叫他
二哥
很中二的感覺

1461. 垃圾桶

這個垃圾桶六十元
那個垃圾桶兩萬一千元
於是垃圾有了貴賤

何品萱：
符合現實，有錢的人渣和窮的人渣得到的評價是不同的。

1462. 垃圾桶

請朋友喝咖啡聊心事
要花費咖啡錢
請導師開示
要花費二千五
於是垃圾桶有了貴賤

王畢莉：

用詼諧逗趣的垃圾桶價錢來比擬同樣的一件事，不就是「吐心事」，穢物，吐哪重要嗎？

何品萱：

XD用到心靈垃圾的概念。我默默吐槽：你這樣說你的朋友對嗎XD。

1476. 垃圾郵件

把一封一封
email 打開
確認內容
把大部分郵件刪掉
整個早上過去了
後來郵件系統發展出
過濾垃圾郵件的功能
email 變清爽了
現在很多朋友的聚會
都錯過了

何品萱：
偷嗆人我喜歡 XD。

1480. 垃圾郵件

跟大家坦承
這個系列本來
要婊許赫寫的詩是垃圾
寫了十九首都沒寫到
只好在這裡自爆了

垃圾是用過即丟的
無用的多餘的
髒的噁的壞掉的
垃圾一般的詩
就像是這樣的
一種逼迫朋友們面對
這世界的現實的
醜的存在物

喵球：
感謝詩人洪嘉勵為這些詩正名為「醜詩」。

1494.
老溪流

溪流裡有魚蝦
旁邊種茶種稻
農家樂融融
魚蝦喝各種農藥
感覺很幹

可是我不是魚
怎麼知道魚很幹
他只是翻白眼而已

1495. 老溪流

晚上
路燈
慢慢
熄了
有蟲
青蛙
怕黑
嚇得
嘰嘰
呱呱
亂叫

Vivian Ou：

這是一首兩字斷句的詩，其實它可以連在一起，連在一起就是一段很有畫面的話，但許赫把它巧妙的兩字斷句了，我挺喜歡它斷句的手法，因為每一句都很有閱讀張力與想像力，就像小學的國語造句一樣，每個人都會造出不同的內容，哇～每一句在我腦中已經有好多畫面了，我想那就是詩迷人之處！斷與不斷？捨與不捨？詩就是詩！就只是詩，拿著「讀詩之鑰」的人啊！

1501.

公民投票
可以關心水壩要不要蓋
可以關心營養午餐
可以關心核能發電廠
但是不能脫離西班牙獨立
你早就知道的
你不能詐欺任何人
但國家可以

1501.

1510.

對於創作的追求
像是一場
無止盡的戰爭
直到永遠的倒下為止
這樣的痛苦
表達成一種自虐的
美感

1522.

孤獨的存在
被寫下來的詩
沒有人讀
詩人自己都不讀

孤獨的存在
被寫下來的詩
懷疑自己
是不是一首詩

孤獨的存在
被寫下來的詩
網路上有人問

這是詩嗎
這詩感動痛哭起來

1522.

1537.

你心裡想
他們是白癡
他們做所有的事
都像白癡

你終於問我
為什麼那個誰
做白癡的事
日子過得比我們好

我跟你一樣
覺得他白癡
我們彼此確認了

那是通往好日子的
通關密語

1537.

261

1542.

電風扇
可不可以
不要吹我
很冷
沒有人開
電風扇

蘇家立：

這首詩可以很靈異，也可以是個人的喁喁自語。電風扇可以象徵社會的巨大機器，它不停操弄人民的心，漸漸地把人制約，等到撤掉機器，人民還是不敢抵抗、反撲。

1545.

電風扇
左顧右盼
一副
不專情的樣子

王畢莉：
左右喻為猶豫不決的部分雖幽默
但確實。

1545.

1563.

你們之間
情感是
最重要的嗎
還是你們
自以為負擔的
責任

你們之間
自以為負擔的責任
是一致的嗎
是神聖
不可分割
的一部分還是
鄉愁

1577.

詩應該有一個樣子
我知道
我也喜歡某個樣子

詩應該有一個樣子
你知道
你也喜歡某個樣子

詩應該有一個樣子
我跟你知道的並且
喜歡著不同的樣子

1583.

作為一個
在這個世界上
無時無刻的
反抗者
測試一下
在巷子裡
騎機車不戴安全帽
然後就被警察抓了

蘇家立：

這首很無厘頭的詩，反映了在如今世道，縱然抵抗也是無可奈何。讓人好奇的是，被抓之後，是否有反撲的可能？這首短詩給人這樣的餘韻。

1587.

也許你有機會
很想要質問我
那個誰寫的東西
算是詩嗎

我如果說是
其實違反了
我曾經堅守的美學

可是親愛的
詩從來就不應該
被任何人的美學所綁架

1594.

最近在政治上
最大的新聞就是
一個中國
沒有各自表述

一個中國
不會有兩個
我住在那個不存在的
作為不存在的存在
這裡每個人
合起來是一首詩

1640.

數學考卷一樣
美好的早晨
每一題都有
枕頭上的
口水味

何品萱：
XD跳的連結，但有邏輯。

1607.

電視機雜訊一樣
美好的早晨
沙沙沙沙
沙沙
沙沙沙沙
是夢境裡
聽到的海潮聲

1626.

等公車的
女孩說一點
也不美好

如此優雅的午后

女孩輕輕的
罵了一聲幹

1634.

市集舞台上
議員開很多支票
如此優雅
的午后
把垃圾話
放進
鍋裡炒
香噴噴

1663.

那個個性開朗的人
突然就死了
我們怎麼也不能理解
他不是那個會尋死的人
我們都沒想錯
是死來尋他的

1688.

路很窄
越走越窄
感覺幸福的夜裡
機車不能通過
好脾氣的人可以

1714.

河流的這一岸
是違建聚落
河流的那一岸
是上億豪宅

海峽的兩岸
哪一個國家
是違章建築

1718.

這面牆
寫了四個字
現在看不到了
他坐落在
中國使節必經之地

1719.

那面牆
寫了四個字
總統下台

歷久彌新
時常
補上不同顏色的漆

1740.

如果你能夠看得
再遠一點
可以看到山脈
看到層層疊疊
深淺交錯的
藍綠色

如果你能夠
看得再遠一點
就不會蓋那麼多
遮蔽視線的醜房子

一天二十首詩好友們的體驗

好友ㄈㄚ的體驗：貓不告訴你的事情

貓來了
貓又走了
貓希望被摸
貓不讓摸太久
貓要吃東西
貓只吃想吃的
貓抓你
貓不需要理由

好友ㄈㄚ的體驗：體質

大人說
吃東西要細嚼慢嚥
狼吞虎嚥容易胖
長大後
才知道有一種東西
叫做體質

王華莉：

　　我們一直只在意體重，卻忘了體重是因體質而起落，莫非空氣中也有熱量，為何我連呼吸都覺得會胖，肯定是體質搞的鬼，只吸收高熱量。

好友顆粒的體驗：今天暫時停止12.

燒死電死跳樓死
撞死射死毒死
一直去死
一直沒有死

好友安坑金城武的體驗：好像是詩12.詩中有人

有鳥
有狗
有什麼都行
反正是詩
你覺得不行
哪裡不行
我介紹不錯的醫生給你

好友安坑金城武的體驗：16.詩人應該是

傳奇的搖滾歌手活不過三十歲
一生只寫一本詩集的人　被奉為經典
我的朋友走了　他也只出了一本詩集
對我來說整本詩集只有一首詩

我的另一位朋友一年內寫了一千首詩
還沒死

好友瞇的體驗：13.

幹寫了這麼多才寫十二首我快要壞掉了
小孩說不可以說幹
我說幹嘛
幹什麼
我看起來是不是很有幹勁？

好友瞇的體驗：14.

喜歡一個人
就會覺得他的頭皮味很好聞

1029. 第三助拳人的體驗：常識

我以為我擁有常識
但我每天都覺得
這世界他媽的白癡怎麼這麼多

張古力：
有次同仁們認真的做完報告
我說「幹得好」
她們說我說髒話

貝蓮：
謎之音：我都想用腳鼓掌了！

1040. 第三助拳人的體驗：上班

偶爾當一天笑容滿面的人
覺得自己是個有魅力的人
下班後覺得自己是個變態

選詩朋友們的讀後想法

・張舒婷：

1500首告白好詩，有的詩廢廢的，有的詩梗跟我不熟，但在眾多詩中你總能找到幾首，讓你微笑噴笑或是心有戚戚焉的，跟你有緣的詩。

・侯喉京：

【廢話】

貼切現實

乃普詩中的普詩

・Hannn：

之前就會有一搭沒一搭的閱讀一萬首詩的作品系列。

「465. 數學考卷：難題」是我當初看完之後喜歡到無以復加抄進日記裡

的。人生荒謬這件事說得太對了。

「1289. 警語：都沒在聽的」、「1341. 童話故事」是這次才看的。

有一些之前很喜歡但當初沒抄起來也懶得回去翻了。

因為太多首詩，後來比較像是開了頁面後，看了前面幾首，沒感覺就換下一系列，有感覺才會認真看完。

我認真了。

• **貝蓮：**

我喜歡「十二生肖」系列。

• **謝昀蓉：**

創作能量豐沛，極具想像力。

• **李文政：**

我在思考什麼是台灣人的詩，哪些可以呈現當時的社會文化，當過了十年再讀時可以知道當時的人怎麼生活怎麼思考。

・f.c.：

嬉笑怒罵之間看盡人世貪嗔癡。

・Camera：

隨機巧遇挑了三個順眼的路過。

・瑪法兒姐：

筋疲力竭，既痛且快。

・柳眉：

大部分時候的都覺得這是詩嗎？感覺太口語的文句，但有些雖然口語可是有嘲諷的意味在，還算不錯。只是很多真的太口語了，這樣是詩嗎？選的是比較有感覺的詩。沒想到只要選三首，所以有先覺得不錯的就無法貼上來了。（沒有很多）

・芷溪：

還沒有看到1500首詩時，我看到這個答卷有點分不清楚為什麼是虐讀分享，看了之後第一感覺，靠！（會被消音吧！）許赫，看你的詩真的是虐，你把生活放大 100 倍寫了出來，有很多都是不能直視的卻又真真實實存在的尷尬，1500 首我沒有全部看完，但是我一邊看的時候我就一邊在想，等我寫分享的時候我也要毫不客氣的來虐一虐你，讀你的詩就像是在面對生活一樣，都是在互相傷害。

• 芷溪：

這是我填的第 2 份答卷，你沒有說具體選多少出來，每個人要填幾張，所以我決定填三張答卷，填多了會不會是在刷存在感？

今天的虐讀分享是：我很怕看完你的「告別好詩」我也要告別好詩了，人家正在往努力寫好詩的路上奮鬥。

還有一點同感，我們都是講話很誠實的人。

• 吳瑞儀：

哎呀，其實好難挑。雖然作者說可以不用太認真看，可是讀詩時，一首首如同腳本一樣，時而描述劇中主角個性，時而很像編劇後記，更應該是帶觀眾進入舞台一起感受演出。

我很喜歡這些貼近生活的詩，感覺認同、一起皺眉、一起耍廢整個世界。

• Jasper Wai：

我讀到，頭昏腦脹；我讀到，乾脆自己寫一首；我讀到，零食架給我清光光。

• 米奇鰻：

「作者的悲劇就是讀者的喜劇。」這 1500 首詩就像連續不斷的流星拳，燃燒著作者的旺盛生命與創作力！

然而在這種網路時代，大部分流星在同溫層就燃燒殆盡，但上千首只要有幾首能擊中你的手機螢幕，也許就能在你的心螢幕撞出些裂痕！讓你呆住，讓日常生活有不正常的機會！（認同請轉發）

• 林宇軒：

為什麼只能選三首啊啊啊啊啊啊啊。

・**王畢莉：**

就……剛好在美國，所以有「美國時間」來毒處一下這樣。

・**紀郁沅：**

在臉書上，是斷斷續續的看，按照 FB 大神的演算，想每天看除非主動去瞧；現在放在網站上，一組二十篇的讀，才發現，詩中的生活故事，原來更加有想法。

（p.s.「一天二十首詩 LY 的體驗」這一整組我也很喜歡，不過沒放在最愛的三首詩選中，因為更適合整組讀。）

・**魏銘慧：**

活在感覺裡，一個想法一個動作一個觀察都是詩，從一時一刻到時時刻刻，意念從頭腦到心來來回回，忙個不停。

・**舒薈霖：**

花了一天一口氣看完，好充實啊。

• 徐老大（古八）：

世人總認為詩是很難的、高尚的、值得學習與玩味的，如同我們討論文言文要多少比例一樣。當時光倒流，讓蘇東坡、李白、杜甫、辛棄疾、李商隱參與文白之爭，他們也許會大笑：其實這些詩都是我在 FB 上的靠背文而已。

讀許赫的告別好詩，有種療癒，這是一種平易近人的風，如同下班了坐在沙灘的凸堤上，夏天溫暖海風悄然滑過臉龐，冬日驕傲東北季風卻扎的你生痛，漁村海港之風也不過如此，詩也應是如此的人生日常。

• LPR：

大哥辛苦了！

您的詩充滿生活化與對社會的嘲諷感，小弟這近兩星期閱讀來，收穫頗多。

感謝您給予小弟這個機會！

• 魏凡欽：

跟著心情起伏，有些蠻有梗的，二十題為一組時換一組會突然很正經。560～570 都不錯，有時會突然有亮點及哲學反思等等。笑果的好詩非常多，最推崇「垃圾」為主題的 1461～1470，那一整組都不錯，但是寫政治寫年輕人寫社會變遷可能是太實際的經歷，故多是採取直述的方式，宗教類深思度沒有出來，這兩類題材感覺對你很重要但你卻寫不出來。

• **哈韋助：**

真的腦漿有流出來

（很敬佩有這樣的持續力）

讀著讀著

我也發現自己美學的固執

有些詩

確實進不去

然而會期待下一首

與下下下一首

謝謝寶貴的分享

・洛書：

改變了我對於詩的觀念。

・何怡萱：

許赫的詩，詼諧犀利，大聲宣告存在感，充滿勇氣♥。

・無敵公主：

詩，原來可以是這樣

寫詩，好像沒那麼遙遠

許赫　做了件好事

我　卻寫不出一首詩

・健康維特：

這確實是一段旅程，過程中像是侵入了許赫的腦，穿梭了他的過去與現在，

也跟他一樣看不到未來……

• 海參大補湯：

其實這是第一次接觸到您的詩作，靠北的恰到好處，厭世中又有些溫柔，像是剪下一片心聲沖洗成一張張照片，謝謝這次作者本人給予的參與機會。（好想全部選啊難道不能出上中下冊嗎）

• Vivian Ou：

從年輕開始就喜歡閱讀詩集，後來看小說、傳記、散文等，不知是寫詩的人變少了？又或是我口味改變了沒再多留心它的存在與改變！總之就是少讀詩了。

這些天拜讀許赫的詩，很多、很多的詩，心中有種奇怪的感覺，那種感覺不是回到當年讀詩時年輕的我，而是此刻當下讀詩時年輕的我，為何呢？

多元主題的詩、生活的、內心深處的、時事的、隱喻的、你的、他的、我的……，可以告人的、不可告人的、想罵人的、想揍人的、快樂的、糾結的……，閱讀當下的我想偷笑、想微笑、想大笑，哈哈哈～就忍不住啊！但有些詩卻帶我到另一個更深的思緒裡，我覺得挺有趣！幹得好！許赫的詩。

其實愛畫畫的我，在閱讀時每一篇時都很有畫面，每一篇都有種想把它變成繪本的衝動，想說那會不會更有張力呢？但那會制約了閱讀者思緒的想像空間啊！哎呀，許赫詩說：「……詩就是詩，就只是詩」是啊！誰管你！

• Fang：

看久了會上癮，像掛在FB上一直滑動頁面瀏覽別人的廢文一樣，也滿足自己偷窺別人（不管認不認識）的欲望。

很好理解，於是能更直覺的解讀，腦中很容易浮現或想像畫面，幻燈片似的跑過幾百種生活場景。

• 郭家齊：

許赫的詩是我的信仰。

• 張古力：

神話故事，都不可信，都很荒謬。許赫的人生超嚮往的！

• 蘇家立：

許赫的詩，不矯揉造作，不刻意錘鍊字句，取材於生活瑣碎，描寫各階層人們的心理層面，有著赫拉巴爾敏銳的眼光，淬取所見所得，以詼諧風趣的敘事，埋下令人省思的種子，在讀者心中綻放出煦陽般的夜芒。擁有社會學背景的他，詩句中不免流露關懷社會的良知，這與世俗氾濫的、過分表達個人主義的詩迥然不同，也更為珍貴。

• 千奇：

簡潔且關鍵。

• 李明璋：

詩人許赫：解構與建構生活碎片的日常

我是這麼閱讀詩人許赫詩作的：每首詩讀三遍。

第一遍「感受文字」：以直覺進入他文字呈現的日常情景。

第二遍「調動記憶」：在時空中跨度搜尋自己的相關經驗。

第三次「重構世界」：兩者相合，重建詩中那個特殊世界。

以這樣的方式閱讀，節奏是明快而愉悅的，閱者之所以能在輕鬆情境下閱讀，或許是他的作品並不會讓人有「嚴肅咀嚼一首詩」的沉重，反倒讓閱者有欲罷不能、如閱讀小說時迫不及待翻下一頁的體驗。

詩人許赫的「一萬首詩的旅程」計畫是宏大的，一萬首詩，少說也要有一萬種意象或意念，許赫的策略卻是以當天生活觸發為概念主軸，文字環繞這個概念展開，好比：「優雅午后」或「下雨傍晚」都是段落的過門，也是啟動文字的氛圍。

許赫也善於將生活切片，生活中的酸甜苦辣：

酸的就切成醃瓜片
甜的就切成蜜瓜片
苦的就切成苦瓜片
辣的就切成辣椒片

這些切片不一定有具體的意義，意義可由讀者自帶經驗而產生，但這些切片佐以他對生活獨到的觀察，匯成一份清爽的組合沙拉，讓人在閱讀的同時會心一笑，事實上這種「先解構再建構」的理念在他的詩中也正式宣告過：

1646

炸雞排
炸雞屁股
炸雞皮
炸雞心

炸雞翅
傍晚
下著雨
切碎的雞
被好好的
組合起來
在胃裡

如果「雞」象徵「生活」，那曾被肢解的原來的生活，透過書寫與反思，終會重建成詩人的新生活。

「一萬首詩計畫」是詩人許赫生命中某種象徵自我挑戰的標誌，這裡有許赫生活日常的務實與詠嘆，也有他詩意的虛構與幻想，身為閱讀者，我們有幸能一窺一個多重身份作者（詩人、書店主人、出版社社長、直播朗讀者……）的生活，並玩味我們自己的個人日常，在此先預祝詩人許赫這一萬首詩的旅程，行至水窮處仍柳暗又花明，因為這正是人生，是他的旅程，也是你我的旅程。

・采風：

蛤。

・W：

我的眼睛好痠。

但我想你看完表單，會更痠。

・芝雅：

讓我擦眼角的淚先！

・李采倪：

選了一百首，讀完詩的感想是，不知道要不要鼓勵許赫繼續寫下去，因為你好像寫得很痛苦，不過真的有很多令人會心一笑的作品。

・林阿讓：

計畫拉得夠長，其實讀過來也很有閱讀日記心思、閱讀寫作緩慢推進的效果。

有時候生活的變化的速度快一點、有時候慢一點，這不太穩定；寫作中的用心與側重變化的速度，比較穩定一致。

・手汗：

喜歡非系列的勝過系列作品
雖然我知道那是一種練習及挑戰
總覺得少了點重要的什麼
但我還是找到了
找到我喜歡的

・嚴毅昇：

看詩
像在看一個個不忍卒睹的人生
看那些大人做過的事
看到都快發瘋
然後他就遲交了稿件
一整個下午在迷宮中

和憤怒下棋

寫詩的人一直寫
像在寫墓誌銘
寫著寫著
快發瘋
好像墳墓裡的人忍不住
都要活過來叫罵糾正了
這一步又走錯了
手還沒離開
趕快退回去

・一靈：

啊，我沒忘，但是遲了。

・康書恩：

詩人許赫，溫柔的告白者。其詩體裁多樣，風格萬千，生活的碎片於其字裡行間有機的裝組；不必倚仗華美的藻飾，便可自成詩意飽滿的宇宙，品味起來具多層次的震顫。

• 喵球：

帥哥讀新詩。

回覆系統很難用。

本來想全部讀完的，但是讀到八百多九百多的時候發現好像選超過一百首了，小孩又哭了，就不讀了。

跋——措手不及的太平盛世

像是在一個龐大國家的邊境
對抗著什麼
打游擊、搞破壞做荒唐事
想要鬆動什麼

不知不覺太平盛世來了
跟自己無關的革命發生了
也結束了
新的統治階級來到邊境
帶來不是讓人非常滿意
但算是美好的日子
不需要吶喊了

沒有仗可以打了
沒有人壓迫了
這一切的失敗
不再有有怨天尤人的理由了
這一切的失敗
只是證實了自己
是一個失敗的人而已

當然會有另一群人
反抗現在這個統治集團
他們混雜著舊勢力與新青年
有志之士甚至更有理想性的基本教義派
先知、智者、天才等等等相互矛盾的一大幫子
自己啊根本插不上話
也不知道該站哪邊
甚至站哪一邊都是荒謬的
到最後有只是一個

邊境上打過游擊
鬧過事的老人
這樣的自己啊
如何繼續活著
一直活到殘了病了
齷齪無恥難看可憐不能再繼續呼吸為止

國家圖書館出版品預行編目（CIP）資料

囚徒劇團 / 許赫著 . -- 初版 . --
新北市 : 斑馬線 , 2018.06
面； 公分

ISBN 978-986-96060-7-3（平裝）

851.486 107007692

囚徒劇團

作　　者：許　赫
主　　編：施榮華
助理編輯：康書恩
封面繪圖：林家維

發 行 人：張仰賢
社　　長：許　赫
總　　監：林群盛
主　　編：施榮華
出 版 者：斑馬線文庫有限公司
法律顧問：林仟雯律師

斑馬線文庫
通訊地址：235 新北市中和景平路 268 號七樓之一
連絡電話：0922542983

製版印刷：龍虎電腦排版股份有限公司
出版日期：2018 年 6 月
ISBN：978-986-96060-7-3
定　　價：350 元